不能没有你
物介紹
亮亮
孤獨
芋圓
麻糬
wawa
碗粿
喵咪咪

芋圓

芋圓有一張明星臉，很多人都說像張曼玉，臉又小，所以特別上相。
對吃的方面很挑，不喜歡吃到飽的食物。這是麻糬、碗粿、做不到的。
芋圓是我們中最聰明的，格外使人信任，所以去哪都想要和她一起。

亮亮

第一次遇見亮亮的人，都會發現她很愛笑。
圓圓的臉，就像一顆曼陀珠在那晃來晃去，亮亮只會說「狗狗」，看見任何動物，都叫牠們「狗狗」亮亮相信，每一種動物的身體裡，都住著一隻狗狗。

碗粿

碗粿不愛說話，不熟的人還以為他很活潑，其實除了去學校演講外，平常幾乎都是安靜的。
有一個好脾氣，至少還沒看過他生氣，幾乎對任何事都沒有好奇心，聽說是以前受過傷害，雖然他從來不提。
亮亮是最近才來的新成員，和大家都不太熟，除了和碗粿，像是認識很久一樣，任何時候都會發現，亮亮總和碗粿玩在一起，我想他們會是一輩子的知心好友。

麻糬

一聽到打雷，就想到麻糬。擔心她不知把自己塞進了哪裡？她怕的東西很多，像是打雷、引擎、喇叭，或是戴安全帽和口罩的人。
也有些時候，是你想不透的東西，最要好的朋友是蟑螂，拿手好戲是把蟑螂放進嘴裡，小心呵護的走來走去。麻糬是我們家裡最笨的，又不太會照顧自己，也是令大家最掛心的。
有一年她走失了，我完全無法睡著，每天都出門找她，那時才發現，原來天天說的晚安，可以那麼難，那樣珍貴……我只期待，能再一次摸摸麻糬的頭，說晚安。
因為，晚安，是大家都在。

wawa

我常和動物聊天，原因是自己話太多，話太多是因為，我希望她們最愛我，要把我當成最重要的那一位。
書裡所有動物角色，都是真的，因為我無法虛構和說動物的謊話。

喵咪咪是家裡唯一的老
同學說喵咪咪在找房子
變成了室友一直到現在
等鴿子飛過，等電車經
喵咪咪今年 15 歲，那些
也不會問我就是了，可
麻糬那群完全不一樣，

有和你說過嗎？

wawa◎繪圖．文字

我把我所有的恐懼、開心、得意、自信，
全部畫在這裡面。

推薦序（一）

但我沒跟妳說，其實我是羨慕妳的

圖文作家◎恩佐

我一直覺得ｗａｗａ的心智是凍結在某個年齡。

ｗａｗａ很愛聊大便，我從來沒見過一個人對大便有如此高的興趣。但為什麼有興趣？到現在我還沒問，因為我對大便沒興趣。

ｗａｗａ很愛動物，養了幾隻狗，不，應該是說「孝敬」了幾隻。我曾有幸見到書中的麻糬，我記得那天與牠的相會裡，這隻很有表情的狗充分告訴了我：寵物的義務是來提供歡樂……而我們人才是寵物。

我猜想ｗａｗａ經常在家裡「彩衣娛犬」。有一回我看到ｗａｗａ整個手腳都是瘀青與傷痕，她說這是昨晚跟狗兒們翻滾後的結果。從ｗａｗａ那種興奮的神情，你知道她是打從心裡相信這是他們感情堅定的證據。

很多女孩想凍結的是身體，但ｗａｗａ凍結的是心智。

書中那個戴著牙套的香菇頭小女孩。其實那就是她自己。我又回憶到當年她總是愛演一些無厘頭的戲碼，旁人很難招架，她卻樂得很開心。

那排明亮的牙齒，笑起來就像惡魔一樣的刺眼。

小女孩會長大嗎？我懷疑ｗａｗａ有沒有認真想過明天？但明天終於還是來了。結果ｗａｗａ居然完成了許多大人才能完成的事情。她不但做了，還做得很好。人生的幸福樂園仍持續擴建中……

推薦序（二）

生命的一心一意

插畫家◎李瑾倫

看了這本書，我稍稍體會了，原來這個看起來不會長大的女孩一直在凍結的，只是每個人都曾經擁有的東西：對生活最簡單的熱情，對周遭最單純的愛。正如她說的，因為我不想，愛被忘記。也因為這樣，那些最美好的人事物，都在經過她的身邊時留下來了。

wawa，我有跟妳說過嗎？其實我也可以聊大便，只是我會害怕丟臉。還有我跟妳說過嗎？其實我也想跟狗兒毫無節制的翻滾，但我總擔心牠們最後會忘了我才是主人。我還有沒跟妳說過？明天就要交稿了，我不能浪費時間，不然我腦子裡也有很多無厘頭的戲胞。

我有跟妳說過妳是我見過心智凍齡得最徹底的人之一？但我沒跟妳說，其實我總是羨慕妳的。

「不能沒有你！」這也是我想對wawa說的話。

她從不間斷的帶著我從來不敢看的生命教育內容巡迴在中小學之間，只是一心一意用自己的方式與力量，讓孩子們知道愛動物的美好與必需要。

謝謝她做了我們都沒勇氣做的事。

因為我不想，愛被忘記

這是我第一次寫序，原來如此困難。

總編輯問我，畫畫對我來說是什麼？

畫畫是很小的時候就認識了，也不記得是幾歲開始喜歡？好像就一直在那裡，陪著你。

畫畫很誠實，面對她時，自然會告訴你想說的，和不敢說的。像是體重機，數字多少，都顯示在那框框裡。

真正開始認真學習畫畫，是在美國上課的日子。

發現，天天都可以畫畫，真是一件很酷的事。那些日子，慢慢的，讓畫中的動物，幫助我的心說故事，過程又慢又長。有時說不清，有時完全說錯，就這樣緩緩的，捨不得的，九年過去了。

我是一個愛很多東西的人，但是愛在心坎裡的，只有外婆家的所有和動物，深怕有一天大家會像坐手扶梯似的陸續不見。

家人和動物給我的安全感很多，像是7-11，所以不知要如何償還無止境的愛，不知道當大家都不在這世界上時，是不是還可以在另一個地方繼續遇見？繼續認識？因為我不想，愛被忘記。

而畫畫，變成了糖和藥一起吞下去，一顆安撫；一顆療癒，持續服用，效果不錯。

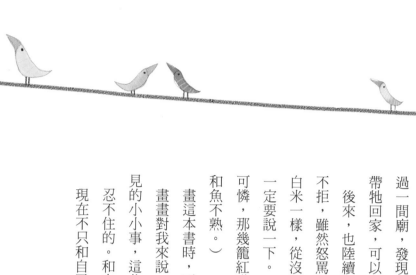

養動物這件事，從一出生就在那了，所以沒有開始的記憶，像是一出生，親朋好友比你還早就在那個家了。

外婆家住著一隻老烏龜和白色巨兔，牠們是一起的，以及一池的魚和泥鰍，還有好多籠的白色紅嘴鳥，牠們都屬於外公負責。十三歲時，放學經過一間廟，發現一隻髒髒的狗，被綁在柱子上，我和裡面的大人說，我要帶牠回家，可以嗎？牠叫「狗狗」，是我的第一隻毛茸茸家人。

後來，也陸續展開了馬拉松式的，帶毛茸茸回家養，不論幾隻腳，來者不拒，雖然怒罵聲不斷，但只要堅持，沒有不成功的。到今天，動物就像白米一樣，從沒間斷。老實說，只要提起，我嘴角總是驕傲上揚著，然後一定要說一下。（烏龜是外公在垃圾袋裡發現的，第一次覺得動物原來好可憐，那幾籠紅嘴鳥經常更新成員，因為外公時常餵完不關門，然後一直和魚不熟。）

畫這本書時，不認為會成為一本書。

畫畫對我來說，是日記。而這本書不是專心的說一個故事，而是每天遇見的小小事，這些小小事卻在心裡牢牢被記住，忍不住的想要畫出來。

忍不住的。和自己再說一次，有和你說過嗎？

現在不只和自己，也不再是和動物，是想問：有和你說過嗎？

BUS
STOP

Part

03

想東想西

Part

有和你說過嗎

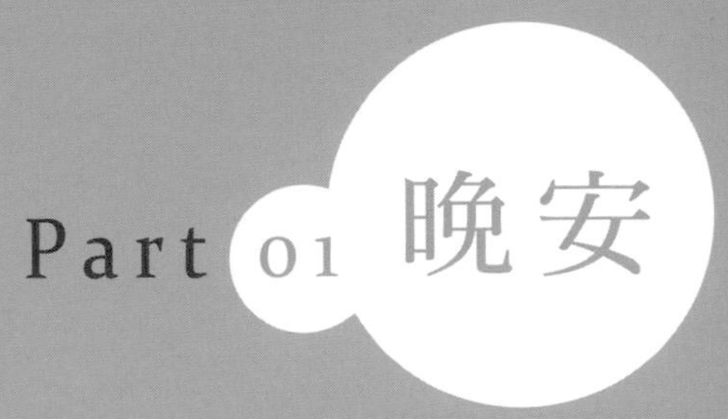

Part 01 晚安

那一天，我從晚上六點開始找到九點……
經過四個小時的奔跑，我才確定地，
告訴自己：我真的把狗弄丟了……
怎麼可能？這種事怎麼可能發生在我身上？
我從來不覺得我會把狗搞丟。

回家之後開始打尋・狗・啟・事……四個字，
ㄒㄩㄣˊ……才發現，原來心，這麼痛……

尋狗啟事

不論你的文筆有多好，
或是多麼會形容事情，
永遠的開場白，
似乎總是這幾句：
麻糬，
一歲九個月，
女生，
有晶片，害羞，
20公斤。

思念一直長大

第一次，這麼不敢去想妳，
第一次，夜裡沒有打呼聲，
第一次，房裡的鐵碗那麼安靜，
第一次，沒有摸摸妳的頭說晚安，
原來是這麼，孤單。
晚安。

太陽會出現

天黑了，
今晚的風會大一點，
期待妳能找到一個安心的地方，
等我。

第42小時

台北開始下雨了，
還記得躲雨嗎？
還好妳愛玩水，
身體濕透時，
記得要抖一抖喔。

擲杯

不知道是誰提議的？
大家都是找土地公，求一個勇敢，
我勇敢相信，會找到妳。

聽我說

有時候，
走在路上會忍不住，
偷偷的希望，
妳傻傻出現在我面前，
更希望在一輛車的底下，
發現那張泥巴色短毛的臉，
因為想和妳一起長大……

請問一下

有看到麻糬嗎？
如果有，
可以和她說，
明天我還會來這裡！

一種安慰

是不是也有人和我一樣，
遺失了一件，
捨不得的東西。

妳在哪裡

連蝸牛都知道，
我在找妳。

晚安

麻糬，晚安。
貓頭鷹，晚安。
彩色鳥，晚安。
孤獨，晚安。
原來晚安，
是大家都在……

Part 02 等待

那時快速寫下了我天崩地裂的愛情感覺，
周遭吵雜的人聲，汽車聲，喇叭聲都不知道跑去哪裡？
耳朵好像被隔音罩罩住，什麼都聽不到了……

當幻想變成了真實，真實是一件件的等待，
我只想你回家。

月亮出來了

喜歡看見月亮圓圓的，
會開始猜想，
是不是每個人都會找到回家的路？

一種甜蜜

小鳥們愛上等待，
只是從來不提。

變老的時候

坐公車時，總是好奇，
那些白髮蒼蒼的老人們，
是否也曾經為愛瘋狂呢？

秘密

失去你後，
才開始和人提起，
我一直，非常愛你。

wawa

想不通的事

關於難過，
總是沒原因的出現。

一種規定

「難過」愛上慢動作，
慢慢的來，
慢慢的去。

想東想西

得意，
這件事，
老是忘形到，
藏不好。

等待

有時候，
會失去快樂的表情，
我期待，
快樂回來。

靈感是要花錢的

一杯咖啡，
一天白日夢。

因為想念

有時候，
會聞到一種，
來自很遠地方的氣味，
明白那是好久以前的事了，
如果仔細的聞一聞，
應該可以找到回家的路。

安全感

在白日夢裡，
我買到一種，
隔音的，
安全帽。

偷偷和你說

有一家咖啡廳，
去喝了兩次，
第一次喝時，
覺得甜甜的……
因為他等等要來接我。
第二次喝時，
覺得苦苦的……
因為，
他不會來接我了。

Part 03 想東想西

那時候剛從國外回來，
畫圖很開心，顏色很單一，
也不會有甚麼背景。
我看到東西就希望趕快下筆，
畫完之後我知道，這就是完稿了，
有一種年輕，自以為是的氣盛來畫好每一張圖。

Rice ball!
飯團人!
JAN. 25. 2007
FRIDAY
飯團
油條
蘿蔔糕
JAN. 29. 2007 Monday
money.

三八

愛上一個人，
連喝口水，
刷個牙，
都讓人，
甜到受不了。

怪誰

失戀時，
吃個冰淇淋，
都嚐不出口味，
還要看顏色才知道。

吃醋

我愛生氣，
是因為我愛你。

無奈

剛剛一堆靈感出現，
怎麼才拿出紙和筆，
全沒了……
像是遇到鬼，說出來沒人信一樣。

今年是2012

但總是寫成2002，
那年發生了什麼？
其實不記得了，
只知道比現在年輕10歲，
就夠讓人開心的，
我會好害怕。
怕那種看不見的，
摸不到的消失，
有時候，
畫畫可以讓我安靜，
不怕，
不亂想。

小腹

實在想不起來，
是哪一天認識你，
更記不起來，
是哪一天了解到，
無法甩了你。

失戀

原來被人分手的失戀，
好痛，
不是說說而已，
是感覺到的痛。

不記得

如果變老，會忘記回憶，
那我會很害怕。

怎麼辦

每天都有不高興的事，
最生氣就是，
每天都會，
遇見，
比我年輕的人。

客服中心

在這裡，
我看見蝸牛，
一隻隻從我面前走過。

三十拉警報

以前怎麼吃都不胖，
現在還沒吃就被阻止了。

遲到

天冷時，
容易得到一種睡不飽的病。

戀愛

想像力使人喘不過氣。

真心話

一出門遇到狗，
那是上天給的好心情。

Part 04 有和你說過嗎

很多東西都回不去了，
就算現在回到舊金山，
那棟房子不是我住的，
在路上走的人也不認識我，
舊金山不會為我停止在我的那一年那一月……
每次想到會覺得很痛，
不知道如何形容，所以我只能畫畫。
只有畫畫沒有改變，只有畫畫知道我的害怕。
怕死亡，
怕離別，
怕老，
我連想都不敢想……
只有畫出來，
說不定往後我看到這些畫，會有一點安撫和療癒的效果。

Chi hoho,
捐錢就可以畢業！真の假の……
真会說也！還 you know..
you know の.
敲!!
很懂吔！
放屁....
愛說教！
吐吐
吐吐吐中！

死了都要愛

不論說多少次，
你們都不會懂，
這就是，
愛。

勇敢

天一樣的黑，
但似乎，
只要走前，
一步，
就有我呼吸的位置。

每一天

大家都在等長大，
等放假，等下雨，等著去公園。
而我等的東西太多，
多到不好意思說。

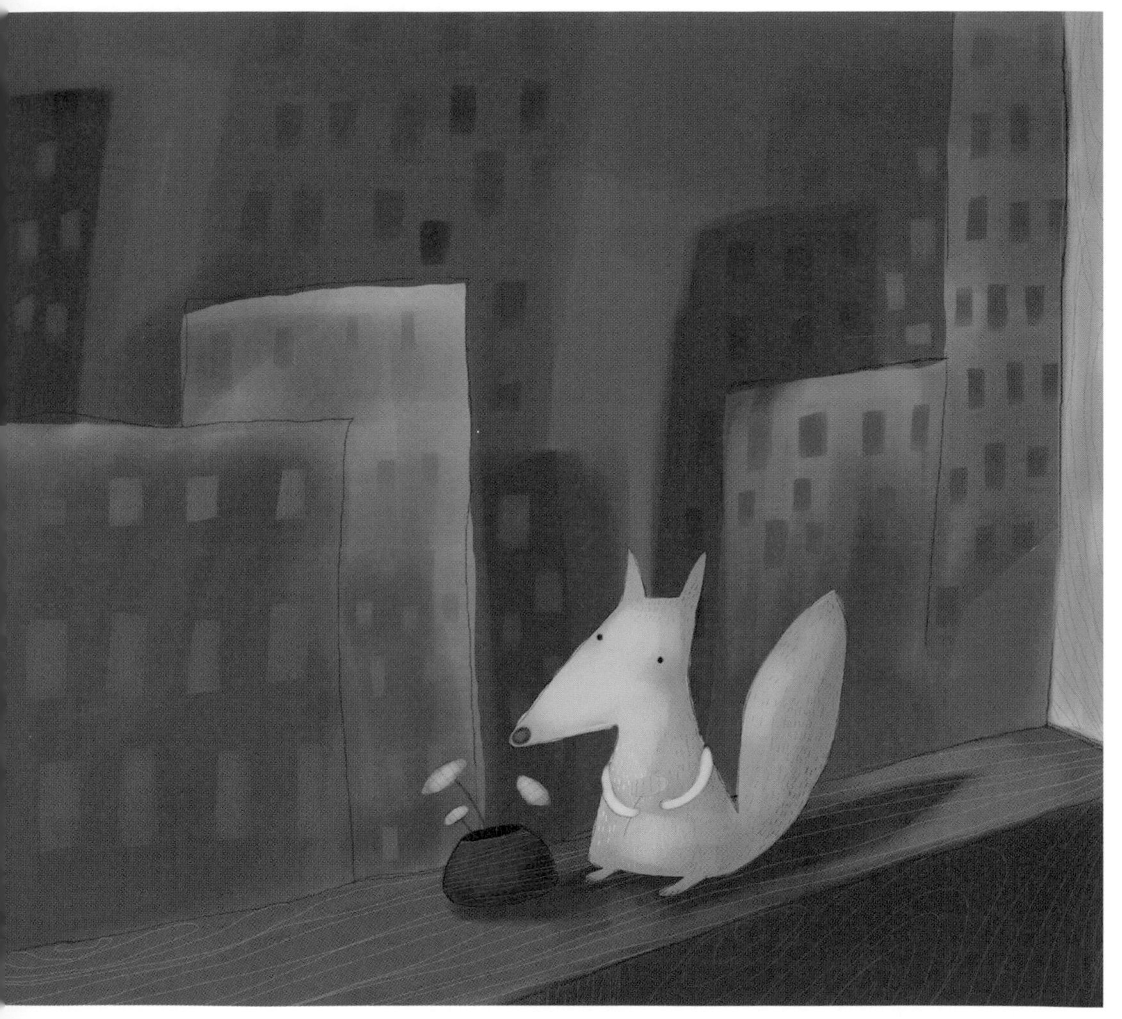

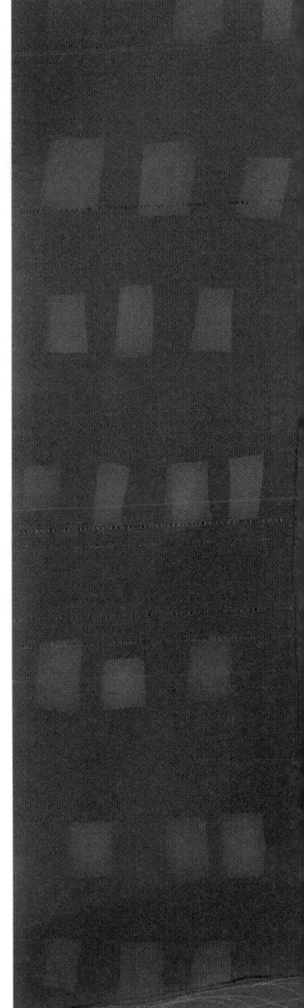

天黑

在這些窗戶裡，
是否也住著，
和我一樣，
孤獨的人。

老實說

如果三隻芋圓代表我的，
一生。
那……其中一個，已經消失了，
請問，
可以停一下嗎？

親情

因為太想了，
所以忍不住，
畫了好多好多妳的臉。

分手

原來我們一直都是，
不同世界的人。

再見

如果有一天，
你消失了，
世界可以為你，
停止嗎？
因為我想，
我想，
專心想你。

可不可以

幻想自己變得好小，
很乖的躲在盆栽裡，
幻想這樣，
就不會被時間發現了。

牠們即將消失

請問有沒有一個地方，
可以讓我們，
永遠，
在一起……

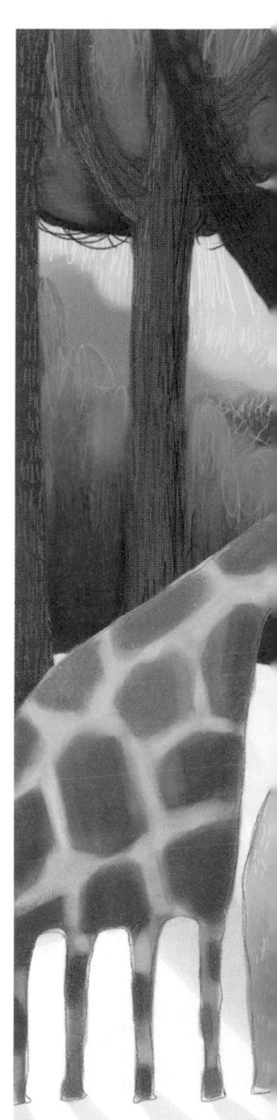

過期

一車的柚子，
一車的等待，
一車的過了中秋，
不再被愛，
不再被需要。

缺一不可

世界好美，
只因，
有你。
我。
牠。

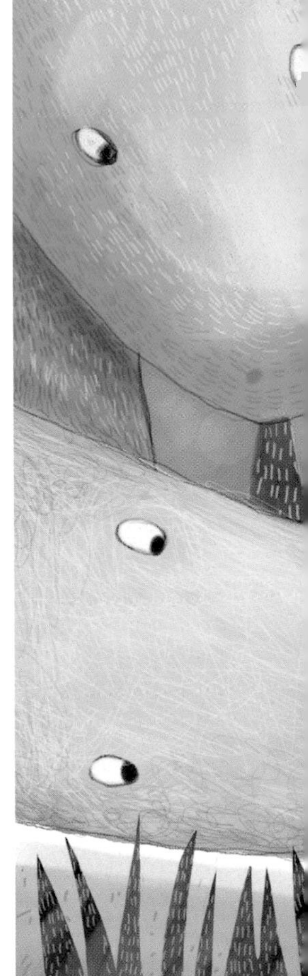

你知道嗎

好險。
好險有遇見你，
遇見你，
讓我好，
安心。

藉口

今天天空很灰，
灰到連自己的五官，
都看不清了。

號碼牌

如果乖乖的排隊，
可不可以等到愛情？

想不透

大家都在，
但還是寂寞，
寂寞沒有家嗎？
為什麼都不回去？

坦白說

有時候，
我承認，
一個人會害怕。

Hello baby

不論大小尺寸，
胖胖還是瘦瘦，
有毛，
沒毛，
都是某一個人的，
寶貝。

生日願望

我可以，
永遠不長大嗎？

世界末日

今天要繳卡費時，
才發現自己是活在真實的世界中。

recover

在公館的巷子中，
有賣一種茶叫「戀愛甦醒茶」，
我喝了兩次，
一次是好奇，
一次是期待。

亮亮 記得了 外婆 忘記了

亮亮一歲，
外婆八十八歲。

亮亮現在經過圖書館，公園，都會興奮的大叫，
因為開始記得了。

外婆現在經過生活了將近30年的公園，圖書館，都會好奇的微笑，
因為開始不記得，其實昨天才來過。

外公每天都澆好幾次的花，刷好多次的牙，
因為不記得，已經刷了好幾次假牙和澆了好多遍的水。

亮亮開始記得了；
他們開始忘記了。

亮亮長大的時候，
可能不會記得，他們曾經一起生活過。

記錄這一切的無法改變，
謝謝生命中的曾經。

時間和回憶，
一個不停的走，
一個不停的來。

因為好愛家人，
所以好希望，時間可以慢一些些，
回憶可以少出現一點。

因為不可能如我願，
一直希望有好多次的機會，
生生世世，一直有一樣的家人。

咖啡廳前的公園，
是小時候，上學一定會經過的路，

外公總是騎著一台好大的黑色腳踏車送我上學，
時間繼續的走，回憶又出現了……
如果回憶是一種財富，那我應是世界的首富吧！
外公，外婆現在的動作，像是一對樹獺夫妻
匆匆，拍下這張照片，
滿滿的謝謝，外婆。
滿滿的想念，小時候。

外婆，有點忘記很多事情，因為太老。
外公常重覆更多事情，因為非常老。

我不敢想，
如果有一天，真的，發生了，
他們不見了，我會好害怕，
因為那是一種確定的，看不見，摸不到，的消失。
有時候，畫畫可以讓我安靜，不害怕，不亂想。

給亮亮：
我睡覺的時候，
原來妳都在偷偷長大，
好害怕，有一天，
和我說，要離開我……

忍不住，常常叫妳名字，
因為好聽，
更因為愛妳。

這是一本想要和你說，每天遇見的小小事的書，
這些小小事，讓我每天充滿精神。

那天和wawa的Q&A

Q：新書《有和你說過嗎？》是什麼樣的主題構成？

A：因為非常沉迷「說話」，所以格外擔心有事情沒和大家說。不論和狗、貓、蝸牛、樹，尤其是草，或是人，就立刻想和她們說自己剛遇見的、剛發生的、吃到的。一刻都不想等！但人常要上班，睡覺或是在忙，只有動物和草可以聽我把話說完，甚至重覆也無所謂，但因為還有說不完的事，所以忍不住想要畫出來，這樣才安心。

畫這些想說的事，心中很興奮，像是和畫裡的小東西，又說一次「有和你說過嗎？」

Q：為什麼會有這個書名的產生？

A：每次開口，這就是我最常說的第一句話！

Q：這次的畫風跟過去畫禮物書時有什麼改變嗎？在用色以及人物設定上靈感的來源都來自哪裡？

A：畫風自己以為都會一致，但似乎每天都會有些不同，可能就像我們每天的長相會和昨天微微的不一樣。而且驕傲的承認，我的心情，會完全不說謊的畫出來。人物設定的靈感不來自於人，而是來自每天一張開眼看見的天空、狗、貓、植物，和出門之後遇見的外面天空、狗、貓、植物。完全實話實說的出現在《有和你說過嗎？》

Q：畫這些圖時，心中有什麼特別的轉變嗎？

A：心情好時，會更好；心情不好時，絕對會慢慢好起來！

Q：妳通常畫畫的時間是何時？畫畫之前有什麼特別的準備心情嗎？

A：畫畫之前，我喜歡先澆家中植物，遛好狗、貓，餵好小孩。然後聞著咖啡的味道，開始畫畫，這樣使我有好心情。

Q：妳希望《有和你說過嗎？》告訴讀者什麼？

A：其實《有和你說過嗎？》是大家每天遇到的小小事，一直喜歡小小事裡的大開心。

希望人可以常常開心，尤其是動物們，更希望有一天，台灣可以慢慢變成沒有一隻動物可以領養的地方，因為早被變好心的「台灣」搶光光了。

真的很謝謝每天遇見的流浪動物和植物，他們總是好美和好好。

視覺系 031

有和你說過嗎？

wawa ◎繪圖・文字

出版者：大田出版有限公司
台北市 104 中山區中山北路二段 26 巷 2 號 2 樓
E-mail：titan3@ms22.hinet.net　http：//www.titan3.com.tw
編輯部專線：（02）23696315　傳真：（02）23691275
【如果您對本書或本出版公司有任何意見，歡迎來電】
行政院新聞局版台業字第 397 號
法律顧問：甘龍強律師

總編輯：莊培園
主編：蔡鳳儀　編輯：蔡曉玲
企劃統籌：李嘉琪　行銷統籌：蔡雅如
校對：wawa/ 蔡曉玲
印刷：知文企業 (股) 公司 電話：(04)23581803
初版：二 O 一二年（民 101）十二月三十日　定價：250 元
總經銷：知己圖書股份有限公司　郵政劃撥：15060393
（台北公司）台北市 106 羅斯福路二段 95 號 4 樓之 3
電話：（02）23672044/23672047　傳真：（02）23635741
（台中公司）台中市 407 工業 30 路 1 號
電話：（04）23595819　傳真：（04）23595493
國際書碼：978-986-179-269-9
CIP：855/101021295

大田出版全經紀・歡迎洽詢
elaine@morningstar.com.tw

廣告回郵
北區郵政管理局登
記證北台字 1764 號
免貼郵票

From：地址：

姓名：

To：大田出版有限公司　編輯部收

地址：台北市 104 中山區中山北路二段 26 巷 2 號 2 樓

電話：（02）23696315-6　傳真：（02）23691275
E-mail：titan3@ms22.hinet.net

＊請沿虛線剪下，對摺裝訂寄回，謝謝！

請來投下你心中
最愛的哪一個角色？
就有機會得到wawa親自繪圖的
神秘禮物～～

我最喜歡的是：

活動日期：2012 年 12 月 1 日至 2013 年 1 月 31 日
得獎公布：2013 年 2 月 10 日 iPen i 畫畫 FB 粉絲專頁 http://www.facebook.com/#!/titan.ipen

＊請沿虛線剪下，對摺裝訂寄回，謝謝！

wawa ◎繪圖

讀 者 回 函

你可能是各種年齡、各種職業、各種學校、各種收入的代表，
這些社會身分雖然不重要，但是，我們希望在下一本書中也能找到你。

名字／ ______________ 性別 ／□女 □男　　出生／_______年______月______日

教育程度／

職業：□ 學生□ 教師□ 內勤職員□ 家庭主婦 □ SOHO 族□ 企業主管
□ 服務業□ 製造業□ 醫藥護理□ 軍警□ 資訊業□ 銷售業務
□ 其他 ______________________________

E-mail/______________________________ 電話／______________________

聯絡地址：

你如何發現這本書的？　　　　**書名：有和你說過嗎？**

□書店閒逛時________書店 □不小心在網路書站看到（哪一家網路書店？）__________
□朋友的男朋友(女朋友)灑狗血推薦 □大田電子報或編輯病部落格 □大田 FB 粉絲專頁
□部落格版主推薦 ______________________________
□其他各種可能 ，是編輯沒想到的 ______________________________

你或許常常愛上新的咖啡廣告、新的偶像明星、新的衣服、新的香水……
但是，你怎麼愛上一本新書的？

□我覺得還滿便宜的啦！ □我被內容感動 □我對本書作者的作品有蒐集癖
□我最喜歡有贈品的書 □老實講「貴出版社」的整體包裝還滿合我意的 □以上皆非
□可能還有其他說法，請告訴我們你的說法

____

你一定有不同凡響的閱讀嗜好，請告訴我們：

□哲學 □心理學 □宗教 □自然生態 □流行趨勢 □醫療保健 □ 財經企管□ 史地□ 傳記
□ 文學□ 散文□ 原住民 □ 小說□ 親子叢書□ 休閒旅遊□ 其他 ______________

你對於紙本書以及電子書一起出版時，你會先選擇購買

□ 紙本書□ 電子書□ 其他______________________________

如果本書出版電子版，你會購買嗎？

□ 會□ 不會□ 其他______________________________

你認為電子書有哪些品項讓你想要購買？

□ 純文學小說□ 輕小說□ 圖文書□ 旅遊資訊□ 心理勵志□ 語言學習□ 美容保養
□ 服裝搭配□ 攝影□ 寵物□ 其他 ______________________________

請說出對本書的其他意見：

大田出版有限公司編輯部 感謝您！